UANDO CAYÓ A LA TIERRA Y SE TRANSFORMÓ

E LAS

DORMIDERAS

Fig. 2 La estrella choca contra el mar.

Una sirena

Sandy

Fig. 4 Ahora la estrella es la Isla de las Arenas Dormideras.

Una gran tortuga marina

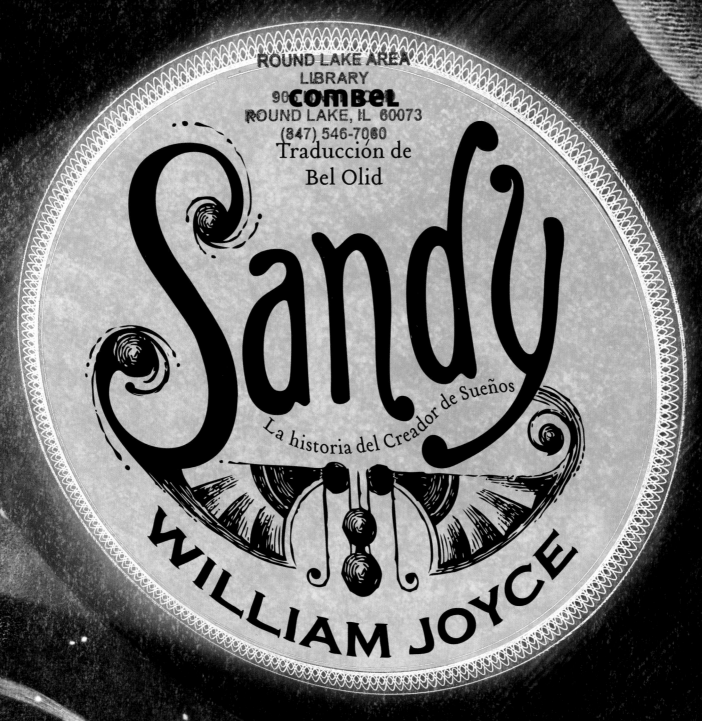

COMBEL

Traducción de
Bel Olid

Sandy

La historia del Creador de Sueños

WILLIAM JOYCE

Es evidente que ya conocéis a los Guardianes de la Infancia.

Les conocéis desde antes de tener memoria y les conoceréis hasta que vuestros recuerdos sean como el crepúsculo. El primer Guardián de la Infancia fue el Hombre de la Luna, y fue él quien buscó a los demás.

El Hombre de la Luna vigila a los niños de la Tierra. Como una luz inmensa que ilumina el cielo, impide que se acerquen las pesadillas. Pero, cuando la luna no esté llena y brillante, ¿quién cuidará de los niños para que estén a salvo de noche?

El Hombre de la Luna necesitaba a alguien que le ayudase, así que escudriñó con sus telescopios hasta que vio un rostro conocido. Volvió a mirarlo. Volvió a mirarlo otra vez. ¿Era posible? Sí, claro, era el mismo hombrecillo a quien le había pedido un deseo hacía muchos y muchos tiempos. En la época en la que el Hombre de la Luna era un niño muy pequeño. En la época conocida como la Edad de Oro.

El hombrecillo dormilón se llamaba Sanderson Mansnoozie. Quizá le conocéis mejor por su apodo de Creador de Sueños. Pero cuando emprendió su viaje todos le llamaban Sandy, y así es como empezó su historia.

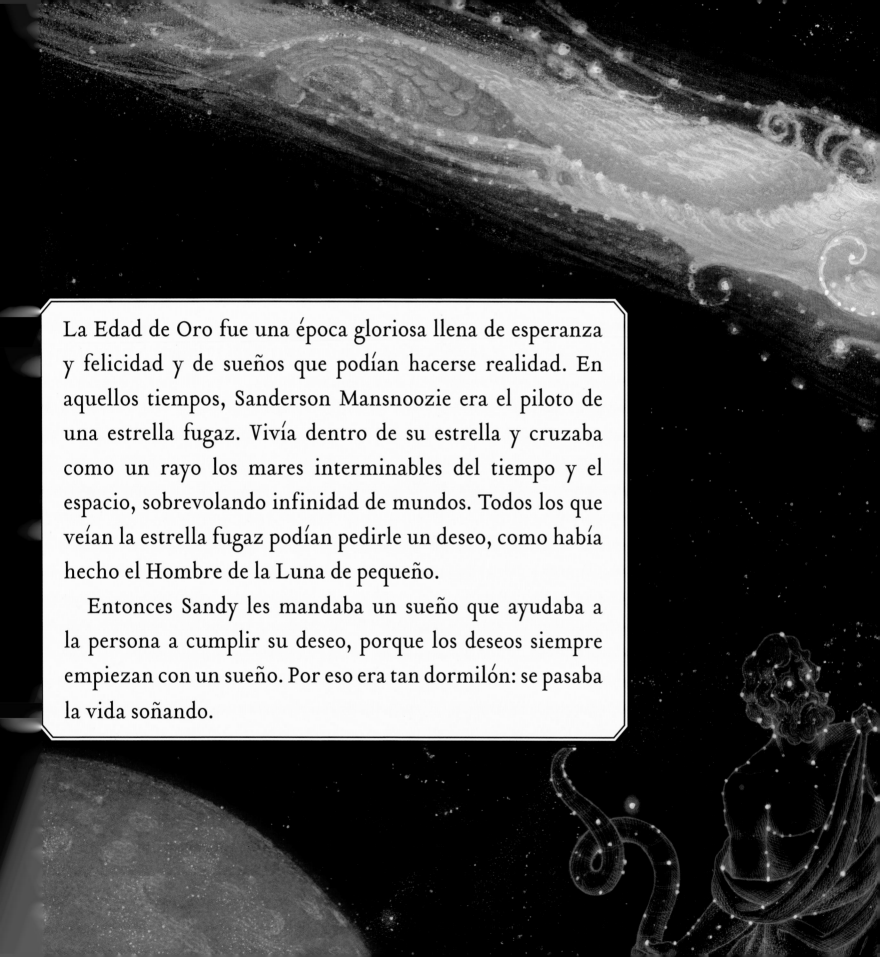

La Edad de Oro fue una época gloriosa llena de esperanza y felicidad y de sueños que podían hacerse realidad. En aquellos tiempos, Sanderson Mansnoozie era el piloto de una estrella fugaz. Vivía dentro de su estrella y cruzaba como un rayo los mares interminables del tiempo y el espacio, sobrevolando infinidad de mundos. Todos los que veían la estrella fugaz podían pedirle un deseo, como había hecho el Hombre de la Luna de pequeño.

Entonces Sandy les mandaba un sueño que ayudaba a la persona a cumplir su deseo, porque los deseos siempre empiezan con un sueño. Por eso era tan dormilón: se pasaba la vida soñando.

Pero en la Edad de Oro había alguien que no aceptaba nada bueno, amable o agradable: Sombra, el Rey de las Pesadillas. Había jurado destruir los dulces sueños y las estrellas fugaces, y los perseguía uno a uno. A bordo de su *Galeón de las Pesadillas*, con los piratas de los sueños, lanzaba su arpón contra las estrellas y las arrastraba hasta que morían, las arrojaba contra lunas, planetas o incluso en la oscuridad infinita de un agujero negro.

Y eso es lo que les pasó a Sanderson Mansnoozie y a su estrella. Estaban cerca del hombro de la constelación de Orión cuando atacó Sombra.

El Rey de las Pesadillas arponeó su estrella. Por primera vez, Sandy conoció el miedo, y ese miedo no hizo sino fortalecer aún más a Sombra.

Sandy no podía permitir que hirieran a su estrella. Viró bruscamente y luchó con una audacia increíble, y al final logró liberarse.

Pero perdió el control de la estrella. Salió disparado por el espacio como un misil, como una bala, como una flecha caprichosa hecha de llamas y esperanza.

Iban cayendo hacia un planeta pequeño, verde y azul, que se llamaba Tierra. Estaba seguro de que chocarían. Oía reír a los piratas de los sueños y se sintió asustado e impotente.

Pero, mientras caía en picado hacia la Tierra, oyó miles de deseos, los deseos de los niños que veían la estrella que se les acercaba como un rayo. Sandy supo que no podía hacer daño a ningún niño, y con todas sus fuerzas guió su estrella lejos de la Tierra y la hizo girar hacia un mar inmenso.

Cuando estaba a punto de estrellarse, oyó un deseo que parecía que venía de muy, muy lejos. Era brillante y claro y hermoso.

–Ojalá te vaya bien –decía, simplemente.

Sandy cerró los ojos y soñó que todo iba bien.

Poco después chocaron contra el océano. El cielo se iluminó con la luz cegadora del impacto. Luego la luz desapareció. La estrella no se había hundido ni había explotado. Se había convertido en una especie de isla arenosa, con largas lenguas de tierra en forma de espiral. En el centro había algunas dunas altas, y en el centro de las dunas descansaba tumbado Sanderson Mansnoozie.

Por encima de su cabeza, la arena se arremolinaba y dibujaba formas que lo apaciguaban y lo calmaban.

El deseo lejano se había hecho realidad. Sanderson Mansnoozie estaba bien, sonreía y dormía profundamente.

De todas partes llegaban criaturas marinas.

Las sirenas quedaron cautivadas con la arena de sueños de Sandy. Y desde entonces decidieron ayudar a aquel hombrecillo perdido, un viajero como ellas, pero del océano del espacio.

Sandy dormía y dormía. Y soñaba y soñaba. Hasta que cada granito de arena de la isla llegó a contener un sueño.

Pasaron diez mil noches y diez mil sueños. Sombra había desaparecido y la Edad de Oro también. El mundo había cambiado. La isla había cambiado. Y Sandy había cambiado.

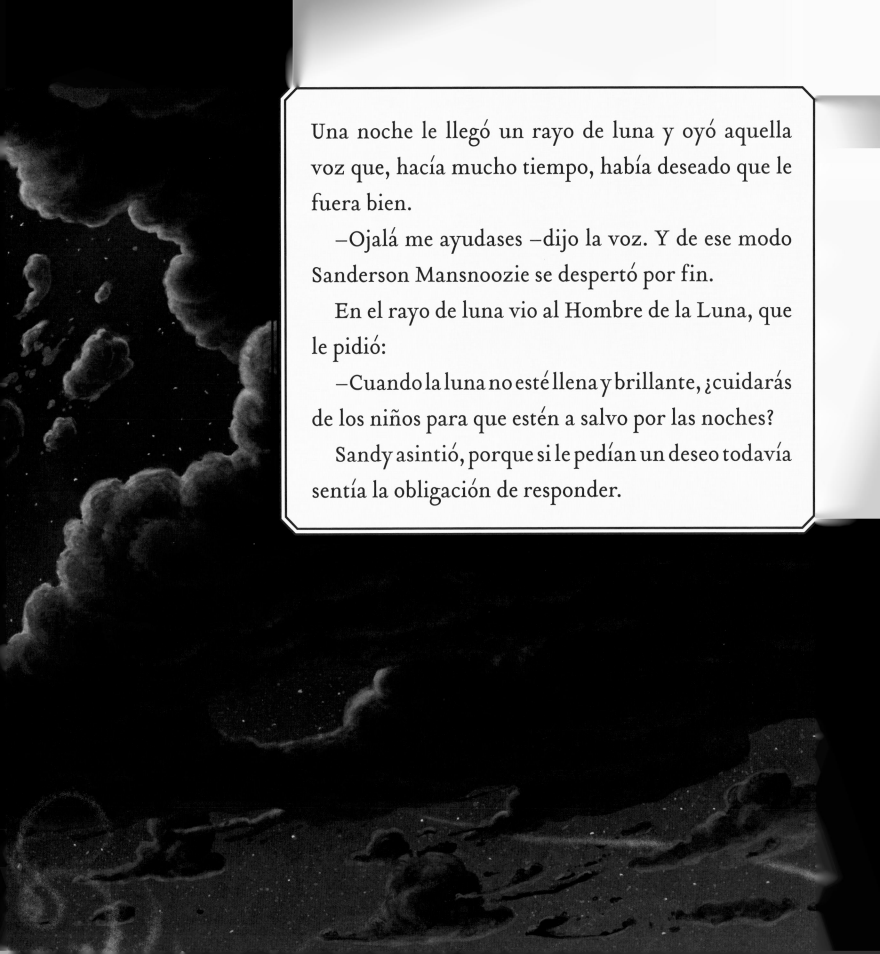

Una noche le llegó un rayo de luna y oyó aquella voz que, hacía mucho tiempo, había deseado que le fuera bien.

–Ojalá me ayudases –dijo la voz. Y de ese modo Sanderson Mansnoozie se despertó por fin.

En el rayo de luna vio al Hombre de la Luna, que le pidió:

–Cuando la luna no esté llena y brillante, ¿cuidarás de los niños para que estén a salvo por las noches?

Sandy asintió, porque si le pedían un deseo todavía sentía la obligación de responder.

Cruzó la isla que había sido su estrella.

Pensó y pensó, reflexionó y reflexionó. ¿Cómo podía ayudar a los niños de la Tierra?

Se le acercaron las tortugas marinas. Algunas habían pertenecido a niños y sabían que tenían miedo a la oscuridad.

Las conchas sabían más cosas. Muchísimos niños se las habían acercado al oído para escuchar el murmullo del mar. Por lo tanto conocían las penas y las alegrías secretas de los niños. Las conchas le dijeron que los piratas de los sueños de Sombra seguían merodeando por la noche en busca de niños dormidos para molestarles.

Sandy sabía que para ayudar a los niños tenía que volver a enfrentarse con sus antiguos enemigos. Por segunda vez en su vida tuvo miedo.

Estaba tan preocupado que no podía dormir y, si no dormía, no podía soñar. Y si no soñaba no podía hacer nada.

Pero las sirenas sabían cómo ayudar a su amigo. Llegaron del mar con una nana muy dulce.

—Sueños, sueños dulces, haya en la arena que tienes en las manos. Que hagan huir a los oscuros temores y llenen las noches de rayos dorados.

Y Sandy soñó. Soñó que ayudaba a los niños de la Tierra, y mientras soñaba la isla se iba transformando. A su alrededor creció un castillo maravilloso.

Una gran nube de arena se lo llevó del castillo y lo lanzó al cielo.

Y montado en su nube viajaba a todas las tierras. Y a todos los niños que dormían les mandaba un sueño precioso con su arena de sueños. Y en todos los rincones oscuros del mundo los niños dormían sin miedo, porque las pesadillas huían...

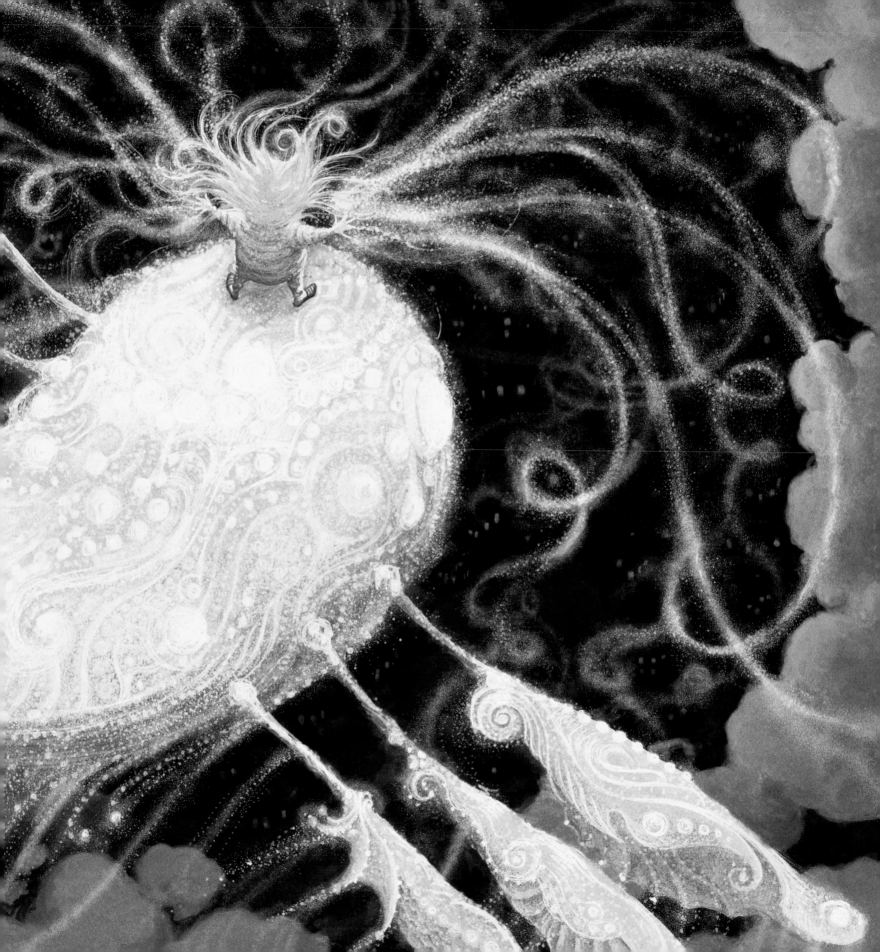

...o las hacía huir la arena de sueños, que las alejaba hacia la nube de Sandy. Cuando llegaba una pesadilla, él la agarraba y le decía:

—No eres real. No eres de verdad. No eres nada.

Y a medida que se esfumaba el miedo de Sandy, también se esfumaban las pesadillas. Una a una se volvían inofensivas y se convertían en arena de sueños.

Y, por primera vez en la historia de los sueños de la Tierra, no había ni una sola pesadilla.

La Luna espiaba entre las nubes del cielo y brillaba para Sanderson Mansnoozie.

—Me has concedido el deseo —dijo el Hombre de la Luna—. Ahora yo te daré un nombre digno de todos tus talentos. —Sandy hizo una reverencia mientras la Luna declaraba:— A partir de ahora se te conocerá como Su Majestad Nocturna, Sanderson Mansnoozie, el Primer Creador de Sueños, Gran Señor Protector de los Sueños.

El Hombre de la Luna ya tenía a su primer ayudante. Y a partir de aquella noche el Creador de Sueños ha hecho sus rondas, con el cielo claro o nublado, para repartir su arena de sueños.

Ahora casi todas las noches están llenas de dulces sueños. Es raro que la arena de sueños no llegue donde deba llegar, pero cuando eso sucede es posible que una pesadilla quiera colarse entre tus sueños. Pero tú ya sabes que no es real.

Así que, cuando hayas dormido bien y hayas tenido un sueño maravilloso, puedes agradecérselo a tu buen amigo, Su Majestad Nocturna, Sanderson Mansnoozie, el Primer Creador de Sueños, Gran Señor Protector de los Sueños. La verdad es que es un nombre un tanto largo. Pero es digno de un soñador diligente que empezó su viaje llamándose simplemente Sandy.

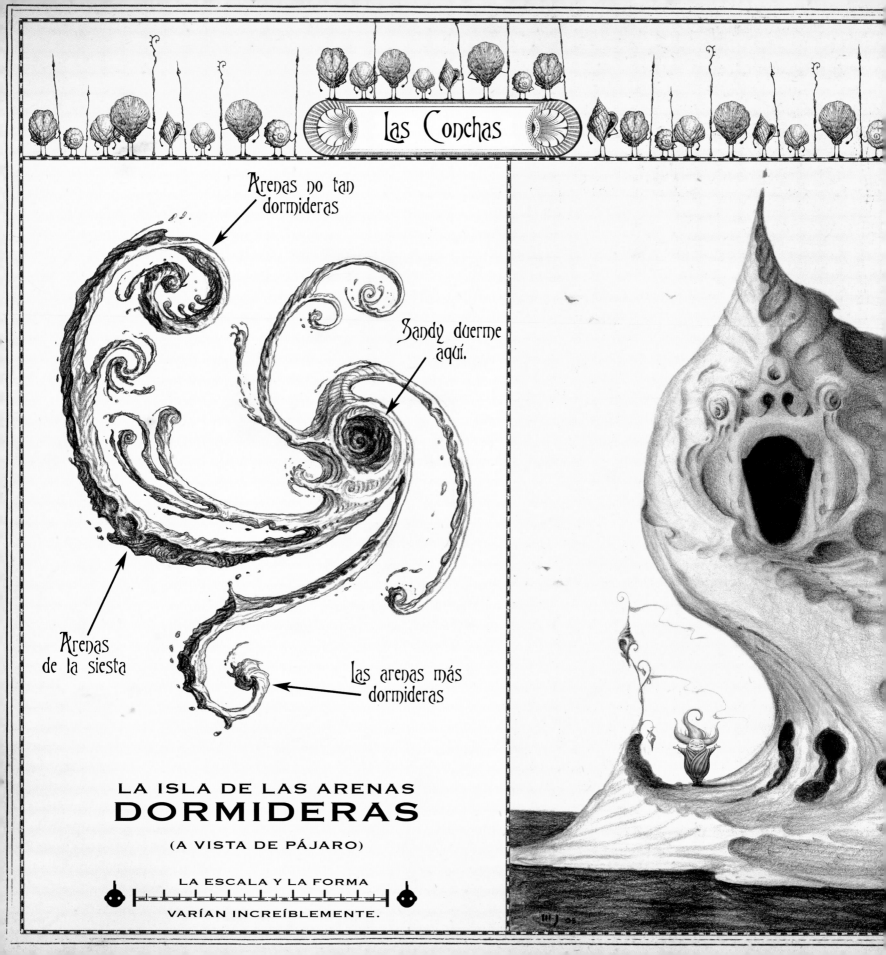

Arenas no tan
dormideras

Sandy duerme
aquí.

Arenas
de la siesta

Las arenas más
dormideras

LA ISLA DE LAS ARENAS
DORMIDERAS

(A VISTA DE PÁJARO)

LA ESCALA Y LA FORMA

VARÍAN INCREÍBLEMENTE.